그냥이라는 당신의 말

김회선 시집

시음사
시사랑음악사랑

시인의 말

살아 있는 것이든

죽은 것이든

그들의 표정에

답하고 싶다

허공에 떠다니는

그들의 언어에

귀 기울이고 싶다

시인 김회선

♣ 제1부

♣ 제2부

♣ 제3부

♣ 제4부

제1부

서로 조금씩 다가가
자신을 내어주고 있다

백년해로 언약하듯
주름진 손 맞잡고 있다

서로 조금씩 녹슬어
자신을 지워가고 있다

늙은 포도

오늘도 일감 없어 빈손이다
빈 도시락 들고 집에 들어가다
푸성귀 파는 가게에서 외따로운 포도 한 상자 샀다

고향집 포도나무 베일 무렵
고등학생이던 내 자취방 책들도 모두 폐기 되었지
책꽂이에 술병 꽂아두고
책보다 술병을 더 읽던 시절
나는 빈 술병처럼 자주 넘어지곤 했지

포도송이 꺼내자 지친 듯 늘어져 있다
어머니 이빨처럼 드물고
어머니 손등처럼 야위고
어머니 유두처럼 새카맣다

허물 벗기자
포도 알 까만 눈으로 물끄러미 바라본다

냄비에 포도 알 넣고
폐기했던 책 꺼내 밑줄 그은 문장들 팔팔 끓인다
모락모락 어머니 목소리 들려온다
절망은 네 몫이 아니란다, 아들아

고사목

쌀자루 머리에 이고
여자는 아들을 뒤따라 걷고 있다
광주행 완행열차 기다리던 석정리역
무너진 역사 옆에 고사목 한 그루 서 있다

고향 가는 길 내리던 눈은 그쳤다 나는
차에서 내려 고사목을 바라본다

앞서 걷던 아들이 끼니를 때우듯 내뱉는다
"엄니 안 추우요 따숩게 입지"
"난 괜찮허다 너나 따숩게 입고 댕겨라"
여자의 대꾸는 조상 밥 차리 듯 정성스럽다

뼈만 남은 가지가 내 손을 붙든다

아들은 여자의 손에서 쌀자루를 건네받는다
"엄니 손이 다 텄구만 뭐라도 바르제"
"흙 만지는 손 발라서 뭐 헌다냐"
가지 위 쌓인 눈이 철썩 떨어진다
"엄니 인제 일 좀 쉬엄쉬엄 하제"
"안 허면 누가 대신 해준다냐"

나무는 뒤틀린 채 호미질의 고단함을 견디고 있다

눈이 다시 내린다
내 눈으로 뚝뚝
열차가 더 이상 다니지 않는 시골역

귓바퀴에 기차소리 매달고
이마에 신작로 새긴 채 걸어가는 여자

내린 눈이 뒤따르며 여자 발자국 소복이 지운다

폐선

바다가 개흙을 드러내자
생기 잃은 폐선이 나타난다
자식들 왔다 가면 고향에
홀로 남은 아버지 모습이 저랬을까

물 때 따라 나고 드는 배는
먼 바다에서 포구를 그리워하고
포구는 떠난 배를 기다리며
소식 전해주는 파도를 품에 안는다

아버지도 만선의 꿈 안고
먼 도시를 항해한 적 있었다
높은 파도와 바람 헤치고
가끔 만선으로 고향 찾기도 했었다

더 이상 항해할 수 없어
배는 포구에서 자신을 허물고 있다
만선의 흔적 오간 데 없고
개흙에 닻을 박고 철퍼덕 앉아 있다

"아버지, 움직여야 건강에 좋아요"
"이러고 더 살아서 뭐 헌다냐"

폐선이 볕에 젖은 몸을 말리고 있다

밥상의 내력

쌀이 귀한 시절이었습니다

입이 많았던 우리 집은 끼니때면
가마솥 보리밥을
남자는 아버지 밥상에
여자는 어머니 밥상에
빙 둘러 앉아 먹었습니다

흠집 난 밥상이었지만
김치도 있고 눈치도 있고
멸치도 있고 염치도 있고
함께 떠먹을 국물도 있는
젓가락 분주한 밥상이었지요

아버지 밥만 쌀밥이었습니다
나는 흘낏 그 밥 훔쳐 먹곤 했지요
아버지 밥그릇 깊어질수록
내 입은 점점 튀어 나왔고
아버지는 쌀밥 남겨 슬쩍 건네주곤 했지요

지금은 비싼 식탁이지만
아내도 없고 눈치도 없고
아이도 없고 염치도 없고
함께 떠먹을 국물도 없는
숟가락 외로운 밥상입니다

사람만한 진수성찬도 없습니다

곰곰

형제 많은 우리 집은
밥 때가 되면
방안이 우글거렸네

"엄니 밥 더 주세요"
"묵어라 난 다 묵었다"
엄니 먹던 밥그릇 받아
싹싹 긁어 먹었네

밥 다 먹고 놀다
목 말라 정지 들어갔더니
엄니 부뚜막에 앉아
대접에 물 마시고 있었네

받아 마신 그 물
참 달달하고
참 맛있었네

마당에 나와
곰곰 생각하니
그것은 사카린 물이었네

노는 내내
밥그릇이 자꾸 떠올랐네

호미질

해뜨기 전 연수원 화단에서
할머니들 호미로 풀을 메고 있다

어머니도 갈퀴 같은 손으로
내 등 가려운 곳 긁어 주곤 했었지

가려운 곳 어찌 아는지
갓 올라 온 풀들만 골라 박박 긁고 있다
가려운 건지 시원한 건지
흙이 깔깔깔 뒤집어진다

"허리 아프시겠어요"
"아프면 앉아서 허니까 괜찮허요"
엉덩이에 욕탕 의자 매단 할머니
호미가 뾰족하다

풀만 골라내는 호미질
어머니 손끝인 양 내 등 시원하다
귀에 박히는 강의처럼 심장 콕콕 찍어댄다

할머니 등허리 같던 연수원 뜰이
호미질로 곧게 펴진다
환하게 웃는다

겨울 일기

텅 빈 놀이터 옆
감나무에 까치밥 하나 떨고 있다

딸 사위 다녀간 설날 오후
보일러 온도를 낮추고
바깥 풍경을 집안으로 들인다
까치밥이 긴 한숨을 토해낸다

북한산을 넘고 있는 해가
할딱이며 하루를 갈무리하는 시간
지나온 삶에 주석을 단다
마른 문장들이 눈 안쪽을 찌른다

남쪽으로 뻗은 가지들이
어떤 그리움처럼 손을 흔들어댄다
새들이 둥지에 들 무렵
풍경을 닫고 솥에 쌀을 안친다

안부 문자에 답하는 손끝 따라
온기가 그리움처럼 허공에 번진다
진한 어둠 속에 어머니가
정화수 떠놓고 자식 무탈 빌고 있다

겨울 바다

문득 엄마 손 그리울 때
고향 찾듯 겨울 바다 찾곤 하네

추운 날 구들장 데워놓고
아들 기다리는 어머니처럼
슬퍼 가면 달래주고
기뻐 가면 웃어주고
겨울 바다는 변함없어 좋네

나무 지게 받쳐두고 앉아
담뱃불 댕기는 아버지처럼
여름의 뜨거움도 없고
가을의 치열함도 없고
겨울 바다는 느긋해서 좋네

철썩철썩 멍든 바위
자갈자갈 닳은 몽돌
하루도 거르지 않고
찾아오는 파도가 있어 좋네

물 난 바닷가 모래 위를
고향 고샅길인 양 걷노라면

새 발자국 같은 내 아픔
어머니 손이 쓰다듬어주고
모래에 번진 내 기쁨
어머니 입가에서 피어나고

붉게 물든 갈매기 떼
수평선 너머로 날아갈 때쯤이면
내 등 토닥이는 엄마 손

문득 엄마 손 그리울 때
고향 찾듯 겨울 바다 찾곤 하네

동피랑마을*

동피랑마을은 아내를 닮았네

언덕 가파르고
좁은 골목 비비 꼬여
도무지 방향을 찾을 수 없네

곱게 분칠한 담벼락에는
잔소리 같은 문장이 있고

펑퍼짐한 둔덕에는
집 한 채 싣고 기차가 떠나네

참 좋았었지!
갯가 주점에서 비우던 술잔
천사처럼 웃어 주던 강구안 바다

술 마신 날이면
꼬인 아내 맘 달래느라
손 꼭 잡고 좁은 골목 돌았지

아내는 어디로 갔나
담벼락에 날개만 벗어두고

동피랑마을은 아내를 닮았네

*동피랑마을 : 경남 통영에 있는 마을

동반자

촉 나간 욕실 등 하나
돌려도 꿈쩍하지 않는다

비집고 들 틈도 없이
둘이 한 몸인 듯
부둥켜안은 채 굳어 있다

해 질 녘 중랑천 벤치에
손잡고 앉은 노부부처럼

서로 조금씩 다가가
자신을 내어주고 있다

백년해로 언약하듯
주름진 손 맞잡고 있다

서로 조금씩 녹슬어
자신을 지워가고 있다

함께 한다는 것은
나를 내주는 일이구나
나를 지우는 일이구나

촉 나간 욕실 등 하나
돌려도 꿈쩍하지 않는다

새우 소금구이

튀는 재주 타고난
삼례 할매 걸어오신다 무지개다리 건너는 할매
굽은 허리 위태롭다
어릴 적 다친 허리 여지껏 펴지 못하고

소금 위에서 새우가 튄다
수염 고슬고슬 말리도록 힘주며 굽은 허리 펴려고 전력을 다한다
목숨을 건다

허리 펴는 일이 어디 쉬운 일이던가

주렁주렁 지은 죄로 허리 못 펴고 평생 일하다
굼벵이처럼 웅크리고 자던 아버지
죽어서야 허리 폈지

북쪽부터 단풍 들 듯 차례로 새우 붉게 물든다
소금밭 위로 꽃상여가 지나간다
허리 펴지 못한 생을
뜨겁게 마친다

화형이다

파도 튀는 바닷가 식당
새우 먹는 내 허리 구부정하다

밖에서 얼어 죽은 삼례 할매 허리는
죽어도 펴지지 않았고

눈 내리는 날엔

어제 남긴 발자국 그 위에 하얀 눈 밤새 소복 쌓였습니다

반성문 내미는 아이처럼 조심스런 마음으로 오늘도 낡은 발
자국을 새깁니다
뒤에 새겨진 발자국이 뽀드득뽀드득 부끄럽습니다

온몸을 던져 내리는 눈
짓밟히고 으깨져도 말없이 녹아내릴 뿐 한마디 불평 없는
마음을
함부로 대할 순 없겠습니다

볼록하면 볼록한 대로
움푹하면 움푹한 대로
인정하고 덮어주는 눈을 공손하게 맞이할 일입니다

따뜻한 눈빛에 그저 빗물처럼 흘러내리고
냉담한 시선에 그저 바위처럼 허물 덮고 있습니다

눈 내리는 날엔 내 허물 더듬으며 발걸음 공손히 내디딜 일
입니다

오르막이든 내리막이든
정성 다해 지그시 내디딜 일입니다

어제 남긴 발자국 그 위에 밤새 하얀 눈 소복 쌓였습니다

그랬다

슬픔은 원하지 않아도 온다

전철역 가는 길
갑자기 비 쏟아진다
어머니 위암 판정도
그랬다

가늘게 휘던 빗줄기
바람에 끌려가듯 사라진다
어머니 마지막 숨도
그랬다

중고품 가게 전화기
수화기 떨어진 채 싸늘하다
병풍 뒤 어머니도
그랬다

꽃상여 같은 날빛
골목 서성이다 떠난다
집 떠나는 어머니도
그랬다

바닥에 떨어진 빗물
뒤돌아보지 않고 흐른다
내 지난날들도
그랬다

비 그치자
쏟아지는 사람들
하나같이 환하게 웃는다
그랬다

얼룩 지워도 흔적 남는다

퇴근해 보니
천장에서 물이 새어
바닥이 흥건하다

어느 부부처럼 시작된 누수가
오랜 동안 조금씩 새어
바닥에 고였다가

더는 품을 수 없어
더는 견딜 수 없어
붙잡고 있던 손 놓은 거겠지

그냥 물이 아니다
바닥의 진액이 빠진 물이다

바닥이 바닥에 인화되는

마음이 마음에 복사되는

바닥에 인화된 얼룩을 지운다
닦으면 사라졌다
또다시 나타나는 흔적

마음에 복사된 얼굴을 지운다
바쁘면 사라졌다
또다시 떠오르는 아픔

얼룩 지워도 흔적 남는다

얼굴 지워도 아픔 남는다

방류수

어제도 나는 뱀의 혀로 얼마나 많은 죄를 범했던가

새벽, 용서 비는 맘으로 오롯이 중랑천 산책로를 달린다
옹달샘에 물 고이 듯
새벽 물소리 가슴에 고인다

환경사업소에서 중랑천으로 쏟아지는 방류수를
꼬리 흔들며 반기는 잉어 떼
형기 마치고 출소하는
형님 기다리는 동생들 같다

밤낮 가리지 않고
높은 곳 낮은 곳 불문하고
가는 관 타고 들어가 사람 위해 몸 더럽힌
죄목으로

된장 뚝배기 속 대파처럼
중랑천에 떠 있는 청둥오리
아침 식사 준비로 첨벙대는 새벽

중랑천이 오롯이 죄인을 보듬고 있다

제2부

소리 없이 내린 눈이
나무 모양으로
풀잎 모양으로
세상을 하얗게 감싸고 있습니다

말없이 내린 눈으로
살갗 찢어진 산등성도
속살 파헤쳐진 들판도
흉터 없이 하얗게 아물었습니다

출근길 수채화

밤새 어둠이 이슬과 섞이더니 아침엔 눈그늘처럼 안개가 번
져있다
무슨 일이 있었던 걸까

다섯 식구 살기 좁다고 덜컥 계약한 아파트 그때부터
난 아파트 지고 다니는 버릇 생겼다
잿빛 양복 입고 출근하는 길
아파트 그림자에 자꾸 발이 걸려 넘어진다

구름이 도봉산을 목탄으로 스케치하고 물은 길 위에 전생처
럼 고여 있다
가로등과 전봇대는 수직 구도 원근이 분명한 가로수 윤곽은
흐릿하다
아직 생과 사의 느낌은 고려되기 전 저 너머에서 공룡처럼
버스가 나온다
피로로 채색된 승객들을 태우고 버스는 불투명한 길을 투명
하게 달린다
승강장은 번짐 효과로 처리되고 버스 여백은 부드러운 목소
리로 덧칠된다

도로 위에서 햇살의 붓질은 거칠다

흰색과 검은색 승용차가 잘잘못 가리느라 배경은 불안하다
여백의 차들은 점묘로 처리되고 날 내려준 버스는 검은 피
를 토하며 사라진다
색깔은 위험하다는 듯 신호등은 꺼져 있다

보도 위에서 붓의 움직임은 느리다
목적지는 서두르기에는 짧은 거리에 있다

밤낚시

처음 밤낚시를 따라 나섰다

산 아래 저수지는
하늘도 산도 가둔 채
내리는 어둠을 삼키고 있다

물속에 바늘 하나
던지고 물고기 기다리느라
연꽃 같은 야광찌만 바라보는데
내가 물고기를 낚는 건지
물고기가 나를 낚는 건지

이토록 간절히
누굴 기다려본 적 있었던가!

저수지에 비가 내린다
물의 살갗에 생긴 상처는
흉터도 없이 금세 아물고
주룩주룩 비가 할퀴고 아무는 동안

지난 일 돌이켜 만져보는 것이다
떠난 당신 얼굴 그려보는 것이다

새벽에 어망 들어보니
동료 망에 붕어 세 마리
내 망에 내 얼굴 한 마리

저수지가 해를 토하고 있다

북촌 한옥마을

운행을 마친 차고지 버스처럼 과거가 표정 없이 앉아 있다
오래된 습관인 듯
골목은 음지와 양지로 나뉘어 사람들을
끌어들이고 있다

사내가 두고 간 밀서는
해와 달이 기왓장에 이끼처럼 새겨두었다

골목은
욕망으로 꿈틀대기도 하고
대쪽 같은 선비의 심기처럼 곧게 펴지기도 한다

이국 사람들이
지친 몸을 담벼락에 기대거나
풍경을 오려 카메라에 담으면
그림자가 담벼락에 까르르 인화된다

흑백의 시간을
컬러로 인화하는 사람들

인화된 그들은
어느 나라 왕실에서 태어날까?

골목이 토해내는
사람들의 얼굴에 밑서 같은 이끼가 묻어 있다

황소

마당에서 황소가
여름 한낮을 찍고 있어요

꿈 벽,
조리개 여닫는 사이
파리가 자세 고쳤을 뿐

지나던 구름도
흔들리던 잎도
렌즈에 붙들려 정지

시속 140킬로미터 속도로
달려온 나는
조리개에 팔이 잘렸어요

자책하듯 회초리로
제 몸 때리며
씹고 또 씹는 황소

코는 피어싱하고
생각 없이 앉아
무슨 생각하는 걸까요

황소가 풍경을
눈 속에 담갔다가
해 질 녘에야 처마에 널어요

사랑

잠 깨어보니
하얀 눈이 소복 내렸습니다

소리 없이 내린 눈이
나무 모양으로
풀잎 모양으로
세상을 하얗게 감싸고 있습니다

말없이 내린 눈으로
살갗 찢어진 산등성도
속살 파헤쳐진 들판도
흉터 없이 하얗게 아물었습니다

눈 떠보니
하얀 눈이 소복 쌓였습니다

수묵담채화

초여름
저녁나절

산책로 위
아이 등에 업고
저녁 어스름
끌고 가는
여인

그
그림자 속에
풍덩
빠지는
나비 한 마리

그
날갯짓에 걸려
비틀거리다
넘어지는
사내

회룡사* 가는 길

한여름 한낮 회룡사 가는 길
빛이 나뭇잎마다 연꽃 문양 수를 놓고
바람 한 장 불지 않는 길

계곡 따라 숨찰만큼 올라가니
소박한 물웅덩이 건너 오리가
계곡을 끌고 옵니다
아니 계곡이 끌려옵니다
나뭇잎 같은 새끼들 뒤따라
산을 끌고 옵니다
아니 산이 끌려옵니다

오리 몇 마리가
저리도 가볍게 끌고 오다니
오리 몇 마리한테
저리도 순하게 끌려오다니
오랜 수행의 공력인가 봅니다

염불에 관심 없는 나는
바라만 보고 서 있는데
바람 몇 장 불어올 때마다
나무들 일제히 합장하고

그제서야 회룡사 천천히 걸어옵니다

*회룡사 : 경기도 의정부시에 있는 절

낙엽

누구 작품인가?

피 토한 듯
밤새 그린 추상화
한 점

내 스무 살 같은
저 붉은 조각들
꼭 짜서
마시면

내 심장 뜨거워질까

허공에 번진
그리움을
땅에
인화하는

전철 풍속도

새벽 삶의 구도는 치열하다

겨울 새벽 전철
냉기가 구석에 웅크리고 있다

가시지 않은 어제의 피로가
할머니 주름 따라 흘러내리고
졸음 탓에 여백은 늘 불안하다

열차는 정지 화면은 크로키
앉아 있는 승객 외곽선이 두텁고
한숨 같은 냉기가 전철 안에 덧칠된다

겨울 새벽 전철
한기가 열차 안을 서성인다

졸음은 아가씨 화장을 고치고
아저씨는 넥타이에 목을 매고
모두가 탈 같은 얼굴 표정을 숨긴다

열차는 정지 화면은 크로키
서 있는 승객들 외곽선은 가늘고
타지 못한 삶이 주변에 번진다

겨울 새벽 전철
온기가 환하게 열차 안에 번진다

아줌마는 늦은 새벽 기도하고
취업은 검은 글자로 논의되고
엄마 품 아기는 대비효과로 처리된다

열차는 정지 화면은 크로키
오가는 승객들 외곽선 거칠고
전철 밖 명암은 분주하게 바뀐다

새벽의 정밀묘사는 위험하다

해 질 녘

해 질 녘, 통영 앞바다
초가집 같은 섬들 떠 있다

달아 공원 정상은
한파주의보 맞다 싶게 춥고
미륵도 앞바다는 잠든 양
뒤척임 없이 뱃길만 여닫는다

구름 속에 잠긴 해가
원삼자락 안 신부 얼굴 같다

어떤 설렘일까?
하늘이 붉어지고
산이 반짝이고
바다가 뒤척인다

일출이 깨우는 눈부심이면
일몰은 번지는 그리움이다

솟는 해의 눈부심보다
지는 해의 물들임이
더 오래 가슴 뛰게 할 것 같다

등 뒤에서 낮달이
토닥토닥 하루를 닫는다

북촌 한옥마을 게스트하우스

황토의 생기나 구들장의 온기가 그리웠을 것이다 어머니 손
길 같은 돌담과 골목에 새겨진 유년의 기억도 한옥을 택하
는데 한몫 했을 것이다 이곳을 찾은 사람들의 얼굴에는 꺾
이지 않겠다는 직선의 결기가 있고 쉽게 부서지지 않는 단
단함이 있고 칼날 같은 예리함이 묻어 있다 계단을 오를 때
까지 각을 세우고 있던 신경은 방에 들어서면 모서리가 누
그러진다

기름이 데운 방바닥은 사막의 열기를 불러와 언 마음을 녹
여준다 바닥에 누우면 잘 개어놓은 이불처럼 지나온 길들이
가지런해진다 한쪽에는 시간의 얼룩처럼 빛바랜 병풍이 놓
여 있다 툭 불거져 나온 나무기둥은 아픔의 흔적이다 국경
넘어 달려온 송곳 같은 바람 견디느라 문풍지는 밤새 울먹
인다

내일이면 접어놓은 돌계단이 하나둘 펴지면서 지난 아픔과
눈물을 불러오겠지 귓속에서 사막의 모래 사각거릴 즈음 시
간은 좁은 골목을 빠져나가 죽은 할머니 품에 잠든 소녀의
얼굴을 어루만진다 해 뜨기 전에 도시의 먼지와 소음을 씻
어내고 돌계단의 질긴 삶과 담벼락의 미소를 만나는 꿈을
꾼다

무소속

주말 오후
가을빛 투명한 강가

돗자리 위 엄마들
아이들 향해 손짓하는

따사한 가을볕에
얇게 썬 호박 말라가는

돌 벤치의 커플
무릎에 내일을 새기는

강아지 앞세우고
노부부 잔디밭 거니는

솜털 같은 억새
부푼 심장 어쩌지 못하는

풍경,
그 밖에서 물끄러미

그들 바라보는
나

개심사(開心寺)*

겨울, 개심사 가는 길
목화처럼 하얀 주차장에
발자국 남긴 아픔이 먹물처럼 번져 있다

지난날을 더듬으며
조심조심 발자국 옮기는데
뽀드득, 부처님 호통소리 쩌렁하다

세심동(開心寺)에 이르니
허리 내놓고 몸 닦는 소나무는
시골 아낙처럼 붉게 수줍고
크고 작은 돌로 만든 계단은
깨끗이 씻어 다린 무명옷 같다

좁은 계단 예닐곱 오르자
너른 계단 자비롭다
세심은 시간의 일이라는 듯
계단은 곧지 않고 느릿느릿 굽었다

막 세수한 듯 민낯으로
해묵은 너와집 같은 불당들
있어야 할 꼭 그 자리에 앉아
삼라만상을 수직으로 받고 있다

*개심사 : 충청남도 서산시 운산면 신창리에 있는 절

풍경_유화

청록 캔버스 위
목탄 질감이 거칠다
붓 터치는 바람처럼 여리고
나이프에 베인 햇살은 날카롭다

혈기왕성한 청록은
늘 불안한 몸짓으로
화려한 변신을 꿈꾸지만
꿈을 담기엔 여백이 부족하다

언덕 너머 가보지 못한 길로
채 마르지 않은 물감이
눈물처럼 흘러내린다

햇살의 중첩으로
잎이 무성해진 나무
무딘 붓질에도 낙엽 지고
청록의 꿈 붉은 노을에 번진다

소실점 끝
당신이 걸어가고 있다

겨울 풍속도

아버지 들고 온 봉지 속
귤 몇 개
차갑다

이불에 발 담그고
식구들 둘러앉아 먹는다

아버지 환한 미소가
손톱에 노랗게 물든다

리어카에서 산 군고구마
한 봉지
따뜻하다

털모자 눌러 쓴 아저씨
덤 한 개 넣어준다

한겨울 냉기가
고구마에 따숩게 스민다

전철역 포장마차 어묵
한 그릇
뜨끈하다

어묵 한 입
국물 한 모금

종일 아리던 생채기
온기에 부드럽게 녹는다

환절기

해마다 겪는 아픔이었다
가라앉은 마음 추스르려고 북적이는 시장에서 옷을 한 벌 샀다

병아리가 제법 자랐다
닭이 튀는 햇살 쫄 때마다 내 팔다리에 소름 같은 닭살이 돋았다

개들이 혀를 삼켰다
누렁이 털 다듬는 사이 모퉁이 영양탕집이 매운탕집으로 바뀌었다

보일러가 자주 고장 났다
윗집 여자 잔소리가 심해지고 그 집 사내의 얼굴이 푸르딩딩했다

해와 달이 자주 싸웠다
청년이 새벽같이 일 나가고 노인이 되어 저녁 어스름에 돌아왔다

공기가 어지럼증을 느꼈다
할머니가 손수건으로 눈 훔치고 할아버지가 마스크로 입을 막았다

새들이 둥지를 옮겼다
은행나무에서 까치 울면 감나무 꼭대기에 있는 까치밥이 흔들렸다

낮달이 자세를 고쳐 앉았다
수목이 팔다리에 묻은 햇살의 양을 재느라 하루종일 웅성거렸다

제3부

봄꽃 환한 둑길 걷는 저녁
그냥
좋다 당신이

좋은 세상이기에 믿을 수 있다
그냥
이라는 당신의 말

구두 굽을 수선하고

중심이 흔들렸다

구두를 보니 굽이 초승달 모양으로 닳았다
걷자면 닳는 건 당연하지만 잴 때마다 과체중인 내 탓만 같았다

저 작은 것이 내 중심 잡아주었구나

저렇게 닳기까지
바닥과 아픈 이별 많이 했겠다

삶이 힘들 때마다
굽의 이력처럼
나는 순간의 이별로 얼마나 치열했던가

나도 바닥인 적 있어
바닥을 섬기려 했다지만 때론 무게 실어 밟았겠지
더 높은 곳에 오를 때마다
내 허물도 쌓여
고스란히 바닥에 전해 졌을 테지

구두 굽을 수선하고 오는 길

바닥과 닳았던 굽의 간격만큼 구두와 내 사이가 서먹서먹하다

덧붙인

초승달 같은 고무가

내가 바닥에 만든 흉터 같아

내딛는 발걸음이 여간 조심스럽다

샐러리맨

1
'사내 전산망 고장'

컴퓨터가 갑자기 꺼진다
웹캠은 거미 눈 부릅뜨고
서류는 청약대기자들처럼 웅성거린다

거미줄처럼 엉킨 머릿속
먼지 털어내듯 한 차례 파닥이고
나는 옥상 계단을 오른다
엉킨 회로가 질질 따라온다

2
허공에 보이지 않는 그물
촘촘하다
벌들 분주한 구석진 곳
호피무늬로 치장한 거미가
길목을 지킨다

삶과 죽음이 공존하는 곳
그물에 걸린 벌 나방 꽃잎……
껍데기만 남아 떨고 있다
꽃잎조차 잡아두는 거미줄의 식욕
숨소리도 걸릴 듯 촘촘하다

거미의 눈으로 내 몸을 살핀다
CCTV 카메라 깜박이고
내 눈이 거미 눈과 마주친다
흠칫, 내 옷이 헐겁다, 나는
서둘러 계단을 내려온다

3
사무실에 가득한 거미줄
숨소리도 걸릴 듯 촘촘하다
거미는 보이지 않는다

인간들 슬프게 웃으며 들어간다
투명한 거미줄에 걸린다
파닥여도 호흡만 가쁘다

나는 가면을 꺼내쓴다
거미가 된다
사람 같은 인간이 다가온다
입에 침이 고인다

이제 거미줄이 두렵지 않다

버스정류장에서

버스정류장에서 사내가 담배를 피운다

"아저씨 여긴 금연구역입니다"
"알고 있어요"

아저씨 대꾸에 사람들 꿈틀하더니 지나던 바람만 타박하고
나는 금연 경고판 바라보는데 꿈틀, 화단에서 지렁이 한 마
리가 할 말 있다는 듯 뼈 없는 몸 세운다

한입 가득 태양 베어 물고
용트림하는 채송화
새파래진 주먹 부들부들 떤다
빗방울 쿨럭쿨럭 떨어지자
승천을 포기한 듯 몸을 접는다

그 사이 버스는 밭은 기침하며 떠나고
담배 연기만 남은 버스정류장

모여드는 사람들 흡연 중이다

부음

부음에선 가을 냄새가 납니다

빛의 옷 갈아입은 잎이
투명한 벼랑으로 떨어집니다
비상을 잉태한 추락입니다

그는 무던히 날고 싶어 했지요
날아보려고 매일
새벽부터 바둥대다가
결국 상가 옥상에서 날았다지요

보도 위에 나뭇잎이 뒹굽니다
바닥에서 뒹구는 낙엽을
사람들이 짓밟고
바퀴들이 으깹니다

뒹군다는 것은 포기일 테지요

죽은 그의 방에는
낙엽처럼 비상을 품은
술병들이 뒹굴고 있었다지요

낙엽이 진 자리에
빛이 알을 슬고 있습니다

부음에선 가을 냄새가 납니다

술 마신 날

어제와 오늘 사이에서
길을 잃었다

내일이 사라졌다

숙성 중인 빵 반죽처럼
부푼 마음은
생각을 앞서가다 자주 넘어졌다

쓸데없는 생각에 붙들려
꼼짝 못한 채
작은 초침에 예민해지고
자정을 지나는 시침에 무감해졌다

고장 난 시계처럼
어제가 오늘이 되기도 하고
내일이 부분적으로 삽입되기도 했다

밤하늘 올려다보면
어릴 적 내가 매달았던 별이 떠올랐다

그 별 많이 컸을까
집에 가기 전 그 별 찾을 수 있을까

별을 따라 길을 걸었다
직선을 곡선으로
곡선을 직선으로 걷다 넘어지곤 했다

세상이 만만했다
무섭다는 생각은 사라지고
못 할 일 없을 것처럼 힘이 났다

문득 보았다
사라진 내일을 물끄러미 바라보고 있는
부릅뜬 눈을

새벽 조깅

새벽, 중랑천을 달린다

풀잎은 일어나다 도로 눕고
젖은 혀로 바람이 얼굴을 핥는다
바람은 서두르는 법이 없다

나는 근육에 힘을 주며
등뼈 세우는 바람에 맞서 달린다
바람이 뼈 없는 손으로 다리 붙들고
내 몸은 벽에 걸린 양복처럼 헐렁해진다
볼록했던 생각들이 오목해지고

중랑천이 긴장한 듯 숨을 죽인다
호흡은 규칙적으로 불규칙해지고
몸 속 장기들의 혈압은 상승하고
수레 끄는 노인처럼 내 몸이 휘청인다
수직 같던 생각들이 기울고

순간, 나는 뒤돌아 달린다
풀잎이 눕고 나무가 물러난다
바람이 근육을 세워 내 등 떠밀고
내 움직임에 맞춰 풍경이 리듬을 탄다
흩어진 생각이 한 점에 모이고

순풍이나 역풍은 바람의 일이 아니다

그냥이라는 당신의 말

험한 세상이기에 믿을 수 없다
그냥
이라는 당신의 말

아내가 나물을 한 소쿠리 캐 왔다
값도 치르지 않고
그냥
뜯어 와 버무려 내어놓았다

나물에 들어 있는 햇살 몇 가닥
봄비 몇 방울
흙 내음 한 점까지
그냥
먹었다

마트에 갔더니
맛보라며 음식을 내어준다
그냥
사지 않아도 된다고

오는 길에 실없이 아내가 웃는다
뭐가 좋아 웃냐니까
그냥
당신이 좋아서란다

봄꽃 환한 둑길 걷는 저녁
그냥
좋다 당신이

좋은 세상이기에 믿을 수 있다
그냥
이라는 당신의 말

병문안

병원은 달나라 태생일까요
배경이나 낯빛이 엄마 바라보던 달 같아요

병실 앞에서 빛이 머뭇거려요
병상의 이름표를 먼저 보아요
함께 시간을 접고 펴고 했어요
병상에 누워 있는 당신은 미처 추억되지 않은 낯선 모습이에요

내 몸은 중력을 잃은 듯 가벼워요
길 잃은 손만 만지작거려요
같이 온 친구들이 당신을 위로해요
위로 되지 못한 당연한 말들이 주춤대다가 음료 속에서 침묵해요

병실 허공은 말없이 불안해요
대화는 숨찬 듯 뚝뚝, 끊어져요
우리의 말은 현재를 부정해요
당신의 맘은 미래를 부정해요
현재와 미래가 달과 지구처럼 줄다리기 하다 새벽에야 잠들어요

당신의 언니가 눈을 깜박여요
때마다 얼굴에 하얀 그림자가 생겨요
나는 산소 호흡기를 쓰고 싶어져요
무언의 신호로 우주와 교신해요
대부분 교신은 성공해요 그러면 참던 숨 내쉬듯 우린 병실을 나와요

병원은 달나라 태생일까요
창백한 낮달이 우릴 내려다보아요

흰색은 불안하다

빛이 들자 드러난 꽃 같은 얼룩을 아주머니가 걸레로 지운다
얼룩 지우는 하얀 걸레가 눈부시다

아픔이 뭉치면 저럴까
교실 앞 화단에 하얗게 말라 있는 목화송이

바람 잘 날 없는 집에서
가슴께에 박힌 근심 같은 목화씨
밤마다 한 올 한 올 꺼내며 평생을 살다
하얀 흙이 된 어머니 같다

밖에는 마스크가 떠다니고
실내는 검은 곰팡이가 증식 중이고

책상 위 액자 속에서
갓 백일 된 손자가 하얗게 웃고 있다

그럼에도
나는 오늘 밀림에 불을 지르고 사과나무에 살충제를 뿌려야 한다

빛을 거두면
얼룩도 눈에 띄지 않을 터이지만
빛은 스스로 존재하므로

흰색은 늘 불안하다

하얀 목화가 걸레가 될 때까지
난 무엇을 한 걸까

하얀 걸레가 책상 위 얼룩 지우며 검어지고 있다
목화 꽃 따며 검은 씨 토하고 있다

마른 멸치

문득
그리워한 것 뿐인데
나를 잃었다

맥주 한 모금 마시고
멸치 하나 씹으면
왜 슬픈 맛이 날까

삼킨 말들 웅어리져
가슴 새카맣다
그 말 못한 사연들
저 뼈마디에 새겼을까

맥주 한 모금 마시고
멸치 하나 씹으면
왜 시린 맛이 날까

놓친 시간 뭉그러져
눈길 아득하다
이루지 못한 꿈들
저 뼈마디에 새겼을까

문뜩
그리워한 것 뿐인데
나를 찾았다

배경은 진실을 알고 있다

범인이 잡혔다
결정적 단서는 배경에서 나왔다
포즈를 취한 적 없는 범인은 당황한 듯 보였다

범인의 화려한 행각은
강제로 가면이 벗겨지듯 세상에 초라하게 드러났다

민낯으로

얼마 지나지 않아
배경이 주목 받기 시작했다
배경은 진실을 알고 있는 증인이고 목격자라고

어제
직원이 사진을 보냈다

두 여자가
바다 앞에서 포즈를 잡고 찍은 사진 속
나는
희미한 거리에서 민낯으로 다른 곳을 보고 서 있다

배경으로

파도가 술렁이고
사람들은 뜨겁고
가끔 갈매기를 타고 나는 바닷가

두 여자는
눈썹에 문신을 하고
미소 가득한 가면을 쓴 채 포즈를 취하고 있다

배경은 진실을 알고 있다

설국(雪國)

눈이 그칠 기미는 보이지 않는다

생각도 얼릴 듯 공기는 차갑고
언 나무의 시선은 절망적이고
내린 눈의 분배는 땅에서 불공평하다

나는 비겁한 거리에서 펭귄을 노려본다
뒤따르던 늑대는 보이지 않고 나는
개 같은 몰골로 굴곡진 눈길을 걷는다
가끔 앞서 간 유령들이 보인다

부서진 썰매는 신음 중이고
죽은 개의 표정은 차갑다
나는 킁킁대며 길에서 길을 찾는다

견디지 못한 빙하가 뿌리를 자른다
협곡이 뚝뚝 피를 흘린다

나는 뜨거운 물로 샤워를 한다
거울 속 내 모습이 지워지지 않는다
나를 포기하고 식탁 모서리에 앉는다
북해산 청어가 날 노려본다

텔레비전에는 노사가 대치 중이다

사랑할 때

정전 예고는 없었습니다

순간 칠흑 같은 호수에서
고개 묻고 잠든 거위처럼 돌돌 말린 모습으로
당신은 뭍으로 걸어 나왔습니다

나는 당신 아직 몰랐기에
그건 그저 검은 빛이었습니다

접혀 있는 당신 몸에서
선홍색 심장 얼핏 보았을 때
내 심장 붉어지는 걸 느꼈습니다

접힌 당신 몸 폈을 때
검은 빛이 붉게 쏟아졌고
나는 블랙홀에 빨려 들었습니다

불이 다시 켜졌을 때
나는 늪에서 허우적대고 있었습니다

정전 예고는 없었습니다

그 해 겨울, 2016

눈은 내릴 기미도 보이지 않았다
나무들은 잎을 떨구고
잡초들은 풀기를 잃고
느닷없는 바람에 맞서
어이없이 부들부들 떨고 있었다

어둠이 내리면 공기는 뜨거워졌다
말 없는 대지가 웅성이며
흘러간 시간을 복기하고
촛불 든 광장 사람들은
몰염치한 바람에 으스스 치를 떨었다

눈은 오지 않고 바람이 날을 세웠다
함평 김 씨는 외양간 문 닫고
이른 새벽 트랙터를 몰아 서울로 향했다
들판엔 알몸의 허수아비가
어처구니없는 바람을 견디고 있었다

김 씨 광화문에 이르렀을 때
암소가 수송아지를 낳았다는 전갈이 왔다
김 씨 돌아와 송아지 돌보는 동안
제의처럼 일렁이던 광장의 촛불은
길을 잃고 부는 바람에도 꺼지지 않았다

그 해 겨울이 끝나갈 무렵
북쪽 산 위에 먹구름이 드리우기 시작했다
머잖아 눈 내리고 봄이 올 것 같았다

어찌할꼬?

식탁에 앉아
시 쓰려는데
문 틈새로 파닥파닥
멸치 들어오네

육수 만드느라
멸치 넣고 팔팔 끓여
베란다에 내어 놓았더니
스멀스멀 멸치 떼
온몸을 기어오르네

옷 벗어 털어 내고
물로 씻어 내고
다시 앉아 시 쓰려는데
시는 간데없고
멸치만 튀어 오르네

고민 끝에
육수에 시래기 넣고
팔팔 끓였더니
멸치는 죽은 듯 사라졌네

헌데 이를 어쩌나
집안 가득 무가 무성하네

이 무는 또 어찌할꼬?

미용실에서

나는 회색주의를 버리기로 했어요

백로 다니는 상가 미용실에 까마귀 산대요
쉴 새 없이 쏟아져 나오는 까마귀들은 사는 곳도 생김새도
먹는 음식도 제각각이래요

까마귀 날자 생머리 백로가 총을 쏘아요
총에 맞은 까마귀는 낙엽처럼 떨어져요
주인이 백로 생머리 말아 묶어놓자 날카롭던 백로의 말이
부드러워져요

곱슬머리 백로가 허공에 총을 쏘아대요
그녀의 고집에 다른 백로들 불만이에요
바람난 까마귀 날자 곱슬머리가 또 총을 쏘아요
주인이 고대기로 그녀의 고집을 펴고 나서야 양털 같던
고집이 추르륵 흘러내려요

먼지 쌓인 텔레비전 지지직 몸부림치더니 살찐 까마귀들
화면 밖으로 쏟아져 나와요
차림새가 이 동네 출신 아니지만 낯이 익어요
이름만 들어도 알 수 있는 까마귀도 보여요

백로들이 총 대신 활을 마구 쏘아대요
화살 맞은 까마귀들 바닥에 떨어져요 아뿔사
텔레비전 위 백로가 빗나간 화살에 맞았어요
주인이 약 발라주지만 끝내 눈을 감아요

나는 회색 머리 수그리고 구석에 앉아 있어요
날 선 가위로 주인이 내 머리를 잘라요
떠돌던 까마귀들 내 머리에 둥지를 틀어요

나는 회색주의를 버리기로 했어요

제4부

교사의 일은
아이의 배움이 의미 있도록 도와
스스로 행복한 미래를 준비하게 하는 것입니다

그러므로
모든 교사는 시인입니다

워크숍

가슴앓이처럼 혈관에 뭉쳐 있는 어혈을 풀어야 했다 누군가에게 닿지 못한 내 짧은 혀가 허공을 어줍게 서성이고 교실에서 흘린 무심한 시선이 송곳처럼 도로에 꽂히기도 했다 초점 잃은 시선을 가지런히 거두어줄 따뜻한 손길이 그리웠고 하얀 버선발로 반겨주는 풍경의 유혹도 오는 걸음 도왔으리라

싹에 물을 주며 꽃향기 그려보거나 홀로 어둔 골목 지나본 사람이라면 이곳에 비밀의 화원이 있고 외진 골목 가로등 불빛이 있음을 안다 저마다의 모양과 색깔로 피는 꽃향기 맡기도 하고 물속에서 말라가는 뿌리의 신음 듣기도 하고 지나온 어둠 곳곳에 등불 매달기도 한다 가까스로 막차에 오른 사람처럼 안도의 숨 삼키면 느닷없이 새로운 내일이 떠오르기도 하고 무심코 지나친 풍경이 환상통처럼 되살아나기도 한다

밤이 되면 쏟아지는 별빛을 잔에 채워 가슴에 담고 그네를 타거나 움푹 꺼진 시내버스 좌석에 지친 몸 묻고 잠을 청할 것이다 텅 빈 교실 벽에 걸린 시계가 째깍거리며 가는 동안 내일의 태양이 밤새 잰걸음으로 달려와 아침을 깨울 터이다 아, 그러면 산정호수 물안개처럼 밤새 어혈이 사라진 내 몸이 가지런히 떠오르리라

교사는 시인입니다

교사는 시인입니다

시인의 일이
마음의 상처 다독여 주는 일이라면
주변 몸짓에 귀 기울이는 일이라면
우리 가슴을 뜨겁게 하는 일이라면
우주 시공에서 의미를 찾는 일이라면

그리하여 시인이
더 나은 세상을 위해 노래하는 사람이라면

교사의 일은
보이지 않는 아이의 상처를 찾아
봉합해주고 맑은 새살이 돋게 하는 것입니다

아이의 눈망울이 하는 말을 듣고
미소처럼 따스한 목소리로 답해주는 것입니다

아이의 차가워진 마음을 보듬어
심장에 뜨거운 사랑을 심어주는 것입니다

아이의 생각이 크는 옥토가 되어
상상의 담벼락을 허물 수 있게 하는 것입니다

교사의 일은
아이의 배움이 의미 있도록 도와
스스로 행복한 미래를 준비하게 하는 것입니다

그러므로
모든 교사는 시인입니다

줄넘기

긴 줄이 돈다
돌면서 허공을 타원으로 오린다
허공 속으로 타원 속으로
엄마 손잡은 아이들 하나 둘 들어간다

혼자서 땅 짚고
둘이서 손뼉 치며
폴짝폴짝 뛴다
멈추고 싶어도 멈출 수 없는
나가고 싶어도 나갈 수 없는
틀 속에서 헉헉대며 뛴다

긴 줄이 먹이 찾는 뱀처럼 아이들 발목 노린다
땅을 스치며 스슥스슥 생사를 확인한다

누가 걸렸다
발목 잘려 나오고
멈추었던 줄 다시 돈다
빨랐다 느렸다 제멋대로 돈다
허공을 돌아 땅을 치고 다시 돈다

긴 줄이 돈다
돌면서 허공을 타원으로 오린다
허공 밖으로 타원 밖으로
아이들 엄마 손잡고 하나 둘 나온다

플라타너스

1

검버섯 피부에 초롱초롱한 눈망울 매달고 플라타너스 한 그루 서 있다.

어제도 아이들을 사랑하는데 실패한 나는 바람이 잎을 다듬는 방식에 골몰해 있다.

오독(誤讀)은 나의 오랜 습관 같아 오늘도 '나무는 갈색의 시간'을 '나무는 연두의 시간'이라 이해했다. 해마다, 나는 현실의 문장을 오독했고 때마다, 아이들은 나무 속으로 사라졌다.

2

나무는 해마다 일기를 썼다네

단지 아이들 눈망울이 맑아
이야기 들려주고 싶었을 뿐인데

세월 흐를수록 할 말은 줄고
가르칠수록 모르는 것 많아졌다네

코흘리개 영호가 할아버지 되고
지각대장 순자가 어머니 되었지

술래잡기하며 깔깔대고
풍금에 맞춰 노래 부르고
교장선생 훈화는 끝날 줄 몰랐지

단지 칼날 같은 햇살로부터
아이들 지켜주고 싶었을 뿐인데

학부모 악다구니에 몸 긁히고
뱉지 못한 말 멍울져 맺혀 있네

나무는 해마다 일기를 썼다네

3
오늘도 사랑을 완성하지 못한 나는 나무의 시간을 되새기고
있는데 하교 하던 일 학년 학생이 부른다.
선생님, 거기서 뭐하세요?

버려진 의자

'이곳은 아름다운 곳입니다'

경고 문구 붙은 빌라 앞에
낡은 회전의자 하나 제 자리인 양 주저앉아 있다

사무실 의자에 앉을 때마다
지금껏 땀 흘려 고생한 것이
이 자리 차지하기 위한 것이었나 생각했었지

이사하며 버리고 온 의자는
십 년을 지켰던 그 자리
신형(新型) 의자한테 내어주고 어디로 갔을까

의자는 야위고 다리가 불편해 보였다

왕년에 회전의자 앉았다던
작년에 정리해고 당했다던
막걸리 한 사발이면 최신형이 되던 박씨
폐지 리어카 끌고 빌라 앞 지나간다

의자 살피더니 버려두고 갈 길 간다

아직 날씨 차가운데
공터 낡은 의자에 할아버지 할머니 모여 앉아 있다

이곳에 오기까지
-전입 교사를 환영하며

이곳에 오기까지
거친 숲을 홀로 걸었으리라
무심한 가시에 찔려
흉터 없는 상처 생겼겠고
뭉툭한 돌부리 피하다
숲의 그림자에 놀라기도 했겠다
맑은 공기에 지친 몸 씻고
산새들 울음소리에 말리기도 했겠지

이곳에 오기까지
어둔 밤을 홀로 지났으리라
밤의 정령을 따라 걷다가
어둠보다 더 깜깜한 동굴 지났겠고
절망 같은 짐승의 울부짖음에
구석에서 야생의 울음 울기도 했겠다
지친 몸 달의 품에 묻기도 하고
별의 머리칼 가지런히 땋기도 했겠지

풀벌레 반기는 들길 마다하고
꽃향기 그윽한 봄날 마다하고
거친 숲 건너온 건
어둔 밤 지나온 건
어떤 운명이거나 소명 같은 것일까

이제 지난 아픔 털어내고
일출의 눈동자를 기억할 시간
혼자 아닌 우리 함께
풀 향기 그윽한 초원에서
태양의 눈물로 잔을 채우자

깨진 병에 대하여

죽지 못하는 삶도 있다
단지 깨지거나 부러지거나 구겨지는 것 같은

단지 나를 확인하기 위해
볼을 꼬집어볼 뿐

출근길 학교 주차장에 깨진 병조각 널려 있다
네 맘 다 알아
투명한 병 속 들여다보듯 말하지만
눈앞이 깜깜하다

나는 어른이니까
고등학생들 짓이이라 생각하는 것은 당연한 것
유리 조각을 줍는다

깨진 병처럼 지난밤 누가 부서졌을까
병은 야단맞은 아이처럼
날카롭게 번득이며
지난밤을 되새기고 있다

깨어지지 못해
녹이 스는 쇳덩이처럼 오늘을 견디는 삶도 있다

무엇이 그를 유리처럼 만들었을까
병조각 치워지듯
그도 부서진 마음 추스렸을까

밤의 상처를 아침이 치유하고 있다

결석

민우가 이틀째 결석을 했다
수업 마치고 찾아갔더니 집에 있었다

밥을 먹고 있었는지
상 위에 그릇 몇 개 놓여 있고
어머니는 넘어진 술병처럼 자고 있었다

"왜 학교에 안 왔니?"
"엄마만 두고 갈 수 없어서요"
"술을 많이 드셨나보구나"
"요 며칠 더 심해졌어요"

나는 말없이 방을 나왔다

엄마는 알코올 중독이라고
매일 술에 의존해 산다고
작년에 자살을 기도했다고
학년 초 작년 담임한테 들었다

"엄마 혼자 두기 불안해서요"
"누나는 학교에 갔니?"
"누난 엄마한테 관심 없어요"

나는 말없이 집을 나왔다

골목을 빠져나오기도 전에
"빨리 술 사 와"
고함소리가 비틀거리며
나를 앞질러 골목을 빠져나갔다

.

숲의 제의

깨달음은 한순간
나는 먹던 약을 폐기한다

공기는 굵고
내 호흡은 가늘었다
태아의 자세로 잠든 내가
간절히 늘어져 구급차에 실려 온 것은
새벽이었다

남은 시간은
링거액 같은 삶의 각주다
차고 무거운 병실에서
의사가 차트에 짧은 각주를 단다

궁하면 소박해지는 법
도시 문패 떼어 버리고
깨알 같은 명함 찢어 버리고
동토의 생명 자라는 숲에 세 든다

잡초의 이름은 모른다
그저 흔들리는 말에 귀 기울일 뿐!
야생이 친구인 양 얼굴 핥고
나는 널 너는 날 호흡하는
숲의 제의다

깨달음은 한순간
빛이 숲에 긴 각주를 단다

깜빡이는 아침

출근길 축석고개에
소형차 한 대 깜빡이고
서 있다

차들도 풍경도 깜빡
나도 깜빡
세상이 통째로 깜빡
깜빡인다

밥 주는 걸 깜빡한 걸까 하기야

부모도 자식 깜빡 하는데
선생도 학생 깜빡 하는데
정부도 국민 깜빡 하는데

동화 속 계모처럼 차 버려둔 채
여자는 휴대폰만 나무라고

달려드는 차들 속았다는 듯
두 눈 깜빡일 힘도 없다는 듯
한쪽 눈만 깜빡이며 부르릉 떠나고

나도 깜박 잊었던 일 생각나는

닮아서

이거 쑥 맞아요?
국화 싹 들고 와 여선생이
묻는다

쑥 캐러 나가더니
화단에 쑥 많다며
학생들 뜯어 왔단다

한눈에 보아도
갓 올라온 국화 싹

겉모습 닮아서
죄다 뜯긴 국화 싹

쑥 아닌 쑥이 되어
손바닥에서 시들고 있다

여선생 나가고
마시는 국화차가 쓰다

캠프파이어

어둠 내렸다
아이들 빙 둘러선 운동장에
켜켜이 쌓은 나무들
불끈 타오른다

어둠 다 지우겠다는 듯
불꽃이 활활
어둠의 멱살 붙든다

타닥타닥 가슴 멍들어도
턱 턱 쓰러져도
숨 몰아쉬며
불꽃은 타오른다

아이들 꿈처럼
우리 사랑처럼

세상 어둠 다 지울 듯
활활 타오르던 불꽃
하나 둘 스러진다

모두 돌아가고
별들 내려와 그네 타는
텅 빈 운동장

재가 된 나무들이
흙으로 돌아갈 채비를 한다

팽이치기

운동장에서 아이가
팽이치기 하네
채에 감겨 땅으로 던져진
팽이

도는가 싶더니
팽그르르 쓰러지고
그러기를 몇 번
비틀비틀 돌기 시작하네

볼기짝 때리자
휘청휘청 도는 팽이
돌아야 산다는 듯
자리 옮겨가며 도네

점점
빨리 도네
제자리서 도네
도는 건지 서 있는 건지
돌지 않고 잘도 도네

그 자리 찾아
돌고 돌았나 보네

불청객

책 보다 졸려
낮잠 자려는데

위층 아이
피아노 치는지
낯익은 가락 내려와
내 옆에 눕는다

손가락 토닥이며
잠 청하는데

박자 놓쳐 잠 놓치고

음정 틀려 잠 설치고

영화관 어둠 속 눈처럼
잠은 시나브로 밝아오고

에고,
나는 일어나고

송별

황량한 사막을 우리 함께 건너왔습니다

채 여물지 못한 몸과 마음은
모래알처럼 흩어지고 부서지고
미끄러지거나 흔들리기도 했습니다
때 없이 부는 모래 바람 때문에
눈을 질끈 감고 머리를 숙이기도 하고
어떤 학부모의 굵은 악다구니처럼
모래알은 귓속에서 종일 사각거리기도 했습니다
밤이면 홀로 남은 빈 교실에서
달의 손톱 깎고 다듬으며
별의 길을 따라 꿈을 꾸기도 했습니다

사막을 택한 건 우리의 소명이었습니다

이제 지난 여정을 추억할 시간입니다
낙타의 고삐 기둥에 묶고
사각거리는 모래 털어내고
소금 냄새 향긋한 몸 기대어 쉽니다
사막을 건너는 낙타의 지혜와
모래 바람을 다스리는 방법과
자연과 하나 되는 법을 알았으니
어디 가든 흔들리지 않을 것 같습니다

길을 떠나는 건 산 자의 숙명일 것입니다

이 밤 지나면 제 길 찾아 떠나야 합니다
별빛 따라 사막을 지나기도 하고
순한 강이나 거친 바다 건너기도 하고
산을 넘고 들길 걷기도 할 것입니다
그렇게 걷다 보면
둘레길처럼 어디선가 우리도 다시 만날 것입니다
그렇게 다시 만나는 곳 그곳이
꽃향기 가득한 푸른 초원이면 좋겠습니다

우리 함께 황량한 사막을 건너왔습니다

부드럽고 따뜻한 시의 집

안태현 (시인)

물질을 탐닉하며 사는 우리에게 고향과 가족과 자연에 대한 동경은 필연적이며 때때로 그곳으로 돌아가고 싶다는 강렬한 욕구가 생긴다. 김회선의 시는 이 지점에서 생성된다. 그가 고향과 가족의 내력을 더듬어가는 일은 그러므로 자신의 근원을 찾아가는 일이며 정체성을 확인하는 일이기도 하다. 그의 시가 간혹 쓸쓸한 풍경에 꽂혀 있거나 일상의 단면을 순간적으로 포획하기도 하지만 근본적으로 그의 시정(詩情)은 농경사회에 닿아있다. 그의 시에서는 폭력이나 이데올로기, 분열된 자아, 부정 의식 등을 발견할 수가 없다. 대신 새참을 이고 논두렁을 걸어오는 어머니의 환영과 하루의 노동을 내려놓고 툇마루에 앉아 땅거미를 바라보고 있는 아버지 냄새가 그 자리를 차지하고 있다.

그래서 김회선의 시는 부드럽고 따뜻하다. 꾸밈과 거짓이 없고 수수하다는 뜻이다. 그가 첫 시집에서 사라져가는 기억을 소환하거나 자신의 내력을 찾아가는 일은 당연한 일처럼 보여진다. 단편적인 기억들을 온전한 기억으로 복원해내는 일이 그의 작업이며 그 작업의 핵심에 가족이 있다. 가족이란 나의 근원이며 최초의 정서적 환경이다. 스스로 선택할 수 없는 숙명적인 만남을 바탕으로 부모와 자식이라는 관계가 형성된다. 사람은 누구나 그 관계에서 비롯되는 갈등과 화해를 반복하며 독립적인 존재로 성장한다. 그렇기에 우리가 가족이라 부르는 아름다운 동질성은 자신을 억압하는 무형의 굴레가 되기도 한다. 그가 밥상을 통해 이야기하는 가족의 내력을 보자.

쌀이 귀한 시절이었습니다

입이 많았던 우리 집은 끼니때면
가마솥 보리밥을
남자는 아버지 밥상에
여자는 어머니 밥상에
빙 둘러 앉아 먹었습니다

흠집 난 밥상이었지만
김치도 있고 눈치도 있고
멸치도 있고 염치도 있고
함께 떠먹을 국물도 있는
젓가락 분주한 밥상이었지요

아버지 밥만 쌀밥이었습니다
나는 흘낏 그 밥 훔쳐 먹곤 했지요
아버지 밥그릇 깊어질수록
내 입은 점점 튀어 나왔고
아버지는 쌀밥 남겨 슬쩍 건네주곤 했지요

지금은 비싼 식탁이지만
아내도 없고 눈치도 없고
아이도 없고 염치도 없고

함께 떠먹을 국물도 없는
숟가락 외로운 밥상입니다

사람만한 진수성찬도 없습니다
　　　－「밥상의 내력」 전문

　이 시의 풍경은 결코 낯설지 않다. 가족이라 부르면 가장
먼저 떠오르는 풍경이다. 쌀이 귀하던 시절, 두레밥상에 옹
기종기 엉겨 붙은 식솔들의 모습이야말로 베이비붐 세대의
전형이다. 그 시절엔 "흠집 난 밥상이었지만/김치도 있고 눈
치도 있고/멸치도 있고 염치도 있고/함께 떠먹을 국물도 있
는/젓가락 분주한 밥상"이었다고 그는 말한다. 아버지의 흰
쌀밥을 흘낏 훔쳐 먹을 수밖에 없는 농경사회의 가부장적인
밥상머리에서 모든 규범을 익혔다고 고백하면서, 한편으론
가족이란 젓가락 소리 분주한 두레밥상에서 만들어지는 것
이 아니겠느냐고 반문하는 것이다. 그러나 지금의 현실은
어떤가. 흠집도 없는 비싼 식탁이지만 "아내도 없고 눈치도
없고/아이도 없고 염치도 없고/함께 떠먹을 국물도 없는/숟
가락 외로운 밥상"이다. 바꾸어 말하면 자본주의 사회에 심
각하게 훼손된 가족의 모습이다. 공광규 시인의 「얼굴 반
찬」이라는 시를 떠올리게 하는 이 시는 "사람만한 진수성
찬"이 없음을 역설하며 나날이 외로워져 가는 현대인의 슬
픈 자화상을 오랜 풍경 속에서 보여주고 있다.
　그가 유년의 경험을 통해 불러낸 고향과 가족은 허상이 아
니라 내면에 존재한다. 그것은 행복의 기억보다 상실의 아

픔이며 동시에 그 아픔으로부터 도피할 수도 없는 일이다.
시집 1부에서 빈번하게 표출되는 아픔과 상처의 중심에는
어머니와 아버지가 있다. 텅 빈 놀이터 옆 감나무 우듬지에
서 떨고 있는 까치밥의 풍경을 집안에 들여와, 어둠 속에서
"정화수를 떠놓고 자식의 무탈을 빌고 있는"(「겨울 일
기」) 어머니의 모습을 우연히 발견한 것이 아니다. "어머니
의 이빨처럼 드물고/어머니의 손등처럼 야위고/어머니의
유두처럼 새카만" 포도 알을 끓이고 있는 냄비에서 "절망은
네 몫이 아니라고" 다독이는 어머니의 목소리(「늙은 포
도」)를 듣는 일도 그렇다. 개흙에 닻을 박고 철퍼덕 앉아
있는 폐선에서 "만선의 흔적 오간 데 없"는(「폐선」) 아버
지를 읽는 일도 그의 내면이 어쩔 수 없이 빚어낸 슬픈 풍경
인 것이다. 부드럽고 소박한 그의 시정(詩情)에서 자연스럽
게 우러난 감정이다. 시인의 말을 빌리자면 그래서 슬픔은
원하지 않아도 문득 다가와 나를 감싼다.

    슬픔은 원하지 않아도 온다

    전철역 가는 길
    갑자기 비 쏟아진다
    어머니 위암 판정도
    그랬다

    가늘게 휘던 빗줄기
    바람에 끌려가듯 사라진다
    어머니 마지막 숨도
    그랬다

중고품 가게 전화기
수화기 떨어진 채 싸늘하다
병풍 뒤 어머니도
그랬다

꽃상여 같은 날빛
골목 서성이다 떠난다
집 떠나는 어머니도
그랬다

바닥에 떨어진 빗물
뒤돌아보지 않고 흐른다
내 지난날들도
그랬다

비 그치자
쏟아지는 사람들
하나같이 환하게 웃는다
그랬다

　　　　　　　-「그랬다」 전문

　거리를 유지한 채 담담하게 어머니의 죽음을 그린 이 시에
서 비극적인 감정보다 숙명적인 인간의 존재론이 읽혀지는
건 상실의 아픔이 오랜 기억 속에서 충분히 발효된 까닭일
것이다. 갑작스런 비-위암 판정, 사라진 빗줄기-마지막 숨,
싸늘한 수화기-병풍 뒤 주검, 서성이다 떠나는 날빛-떠나
는 어머니, 흐르는 빗물-지난날, 그친 비-환한 웃음으로 대
비되는 일련의 과정은 누구나 겪을 수밖에 없는 운명이다.

결과론적 관점에서 보면 "그랬다"는 과거형의 한 마디로 요약되는 것이 바로 삶이다. 그는 이렇게 사람이면 누구나 맞이해야 하는 평범하고 고독한 풍경 속에서 어머니에 대한 허기를 참아가며 자기 인식에 이른다.

그러나 평범한 삶도 쉽지 않다. 누구나 공감하는 사실이다. 일상을 흔드는 크고 작은 일들, 뜻하지 않게 부딪쳐오는 사건들, 분노를 일으키는 사회의 부조리한 구조 등등. 이 모두가 우리의 평범한 삶 속에서 공생하는 버그들이다. 그들과 함께 의식주를 해결해야 하고, 사람들과 관계를 지속해야 하며, 사회의 구성원으로서 저마다 역할을 해야 한다. 예기치 못한 시련, 불현듯 닥쳐오는 생의 진통을 피할 수 있는 존재는 없다. 그러므로 누구의 생이든 아픔과 상처로 얼룩져 있기 마련이다. 때로는 "얼룩을 지우는 하얀 걸레가 눈부시"(「흰색은 불안하다」)지만 얼룩이 지워지지 않을까, 얼룩 때문에 흰색이 더러워지지 않을까, 얼룩을 지워도 흔적이 남지 않을까 늘 불안하다. 하여 불안을 해소해야 하는 것이 현대를 살아가고 있는 우리 모두의 난제인 것이다.

그렇다면 감수할 수밖에 없는 현대인의 불안을 극복하는 방법은 무엇일까. 이 질문에 대해 그는 생활에 대한 긍정과 믿음이라고 제시한다. 그것은 고향과 가족에서 느꼈던 상실감과 동일선상에 있는 감정은 아니다. "밥상의 내력"이 시인의 근원에서 시작된 감정이라면 생활에 대한 긍정은 지금을 살아가고 있는 시점의 감정이다.

험한 세상이기에 믿을 수 없다
그냥
이라는 당신의 말

아내가 나물을 한 소쿠리 캐 왔다
값도 치르지 않고
그냥
뜯어 와 버무려 내어놓았다

나물에 들어 있는 햇살 몇 가닥
봄비 몇 방울
흙 내음 한 점까지
그냥
먹었다

마트에 갔더니
맛보라며 음식을 내어준다
그냥
사지 않아도 된다고

오는 길에 실없이 아내가 웃는다
뭐가 좋아 웃냐니까
그냥
당신이 좋아서란다

봄꽃 환한 둑길 걷는 저녁
그냥
좋다 당신이

좋은 세상이기에 믿을 수 있다
그냥

이라는 당신의 말
- 「그냥이라는 당신의 말」 전문

"그냥"이라는 말 속에는 자극적인 양념이 하나도 들어가
있지 않다. 그는 무색무취 같은 이 말을 "험한 세상이기에
믿을 수 없다"라고 한다. "험한 세상"이라고 간단하게 정의
했지만 우리가 살고 있는 세상은 험한 것 이상이다. 한 치 앞
도 볼 수 없는 세상이다. 그러니 무엇도 믿을 수 없다. 고향
과 가족에 대한 상실감이 삶을 지배하고 있다면 그 불신은
더욱 깊을 것이다. 그런데 어떤 연유에선지 마지막 연에선
"좋은 세상이기에 믿을 수 있다"고 심경이 바뀌었다. 그것은
타협이나 심리적인 퇴행이 아니라 염원을 역설적으로 표현
한 것이다. 다시 말해 험한 세상이지만 반드시 좋은 세상이
올 것이라는 강한 긍정이 내포되어 있다. 그는 "그냥"이라는
말을 통해 평범한 일상 속에서 상처를 치유하고 삶에 대한
사랑을 체득하고 싶은 것이다.
    김회선의 또 다른 시적 경향은 삶을 반추하며 "출근길의
수채화"를 읽어내는 풍부한 감수성이다. 감수성은 타고난
것도 있지만 시적 안목이 있어야 길러지는 것이다. 그의 시
에서 대상의 병치가 자주 나타나는 것도 감수성이 있기에
가능한 일이다. 이를테면, 삼례 할매와 새우(「새우 소금구
이」), 늙은 포도와 어머니(「늙은 포도」), 고사목과 여자
(「고사목」), 겨울바다와 어머니(「겨울 바다」), 전등과
노부부(「동반자」)와 같은 시들이다. 시집 2부에 실린 대
부분의 시들도 일상적인 여행을 시의 모티브로 활용한 것인

데, 그가 「환절기」나 「눈 내리는 날」이나 「버려진 의자 풍경」을 예사롭지 않게 보는 것이다. 풍경 속에서 "바람처럼 여린 붓 터치"와 "나이프에 베인 햇살"(「풍경-유화」)을 찾아내는 것도 한때 그림을 그린 적 있는 그의 빼어난 감수성 때문일 것이다. 내면의 풍경 또한 웅숭깊은데 가령 다음과 같은 시가 그렇다.

중심이 흔들렸다

구두를 보니 굽이 초승달 모양으로 닳았다
걷자면 닳는 건 당연하지만 잴 때마다 과체중인 내 탓만 같았다

저 작은 것이 내 중심 잡아주었구나

저렇게 닳기까지
바닥과 아픈 이별 많이 했겠다

삶이 힘들 때마다
굽의 이력처럼
나는 순간의 이별로 얼마나 치열했던가

나도 바닥인 적 있어
바닥을 섬기려 했다지만 때론 무게 실어 밟았겠지
더 높은 곳에 오를 때마다
내 허물도 쌓여
고스란히 바닥에 전해 졌을 테지

구두 굽을 수선하고 오는 길
바닥과 닳았던 굽의 간격만큼 구두와 내 사이가 서먹서먹하다

덧붙인
초승달 같은 고무가
내가 바닥에 만든 흉터 같아
내딛는 발걸음이 여간 조심스럽다
   - 「구두 굽을 수선하고」 전문

  구두 굽을 가는 일상적인 행위에서 이별을 떠올릴 수 있는
것은 감수성과 따뜻한 내면이 있기에 가능한 일이다. 초승
달 모양으로 닳은 구두 굽이 내 중심을 잡아주었다는 인식
이 "저렇게 닳기까지/바닥과 아픈 이별 많이 했겠다"로 확
산되어 "삶이 힘들 때마다/굽의 이력처럼/ 나는 순간의 이
별로 얼마나 치열했던가"와 같은 자기 성찰에 이른다. 이런
시적 구조는 대상과 자아의 일치를 바탕으로 하는 서정시의
미덕이다. 이 시를 읽고 마음이 편안해지거나 따뜻해지는
이유가 바로 그것이다. 힘든 시대를 살아가면서 자신의 내
면과 마주할 기회가 거의 없다. 그래서 내면과 마주한다는
것은 자신을 성찰하는 일이고 그 성찰을 바탕으로 평범하지
만 행복한 삶을 꿈꾸는 것이다. "세월 흐를수록 할 말은 줄
고/ 가르칠수록 모르는 것 많아"(「플라타너스」)지는 그의
삶이 "세상이 통째로 깜빡"(「깜빡이는 아침」)거린다고 크
게 달라질 일은 없을 것이다. 하지만 기억 속에 고향과 가족
이 있고, 생활 속의 긍정과 믿음이 있다면 이 우주의 한 존재
로서 가치 있는 삶을 살 수 있을 것이다.
  이제 첫 시집을 상재한 김회선에게는 부드럽고 따뜻한 시
의 집을 지었으니, 곡진한 마음으로 보다 견고한 시를 빚어

야 할 숙제가 남아있다. 자신을 통해 바깥을 보고 바깥을 내면으로 수렴할 때 좋은 시가 탄생한다. 그 과정엔 "온몸을 던져 내리는 눈"(「눈 내리는 날엔」)처럼 절실함이 필요할 것이고 세상에서 가장 가난한 마음도 필요할 것이다. 김희선 역시 기꺼이 그 길을 갈 것으로 믿는다.

그냥이라는 당신의 말

김회선 시집

초판 1쇄 : 2018년 4월 30일

지 은 이 : 김회선

펴 낸 이 : 김락호

디자인 편집 : 이은희

기 획 : 시사랑음악사랑

인 쇄 : 청룡

연 락 처 : 1899-1341

홈페이지 주소 : www.poemmusic.net

E-Mail : poemarts@hanmail.net

정가 : 10,000원

ISBN : 979-11-6284-011-5